KB077695

시바

시바

욕 아니에요! 오해하지 마세요

글·그림 **시로앤마로**

팩토리나인

봄날의 포근함을
함께 나누고픈 당신에게

미국의 유명 만화가 찰스 슐츠는 이렇게 말했습니다.

행복은 포근한 강아지야.

Happiness is a warm puppy.

그는 소심하고 자폐증을 앓았던 외톨이로, 어릴 적 따돌림을 당하면서 외롭게 자랐다고 합니다. 그에게 유일한 친구였던 강아지를 보고 만든 캐릭터가 우리에게도 친근한 캐릭터, 스누피입니다.

시바견을 똑 닮은 '시로'와 '마로'는 2016년 10월 유기견 '절미'를 모티브로 만들어진 국산 캐릭터입니다. 비가 추적추적 내리던 어느 날, 인절미처럼 말랑말랑한 볼살을 가진 절미가

저희를 찾아오면서 인연이 시작되었습니다. 반려견에 대한 따스한 사랑으로 태어난 시로와 마로는 '시바'라는 언어유희를 살린 재치 있는 카피로 다양한 연령층에게 큰 사랑을 받으며 대세 캐릭터가 되었습니다.

책에는 시로와 마로의 유쾌한 일상이 담겨 있습니다. 직장, 연애, 일상이 지루하고 고단할 때, 문득 가슴 한구석이 시리고 공허할 때 읽어보세요. 당신의 지친 마음을 포근하게 감싸줄 거예요.

[시바비용이란?]

시로와 마로를 보는 순간
귀여움에 흥분을 감추지 못하고
나도 모르게 쓰게 되는 비용.

시이~ㅂ   ㅏ아아~

"시발" 하고 욕하지 말고
"시바" 하고 웃으면
행복해 진다!

엉뚱한 행동과
솔직한 성격이 매력인

시로

알 수 없는 표정 때문에 무뚝뚝해 보이는 시로는 사실 매 순
간 행복하고 즐겁습니다. 호기심이 많고 장난기가 넘치는 시
로는 이 순간에도 어떤 사고를 칠지 고민해요. 엉뚱한 행동
으로 항상 말썽을 피우지만 초롱초롱한 눈망울 덕분인지 미
워할 수 없어요.

시로는 재미있는 일을 함께 찾아 떠날 마로가 있어 즐겁고,
마로와 함께할 때 에너지가 2배가 됩니다. 그래서 언제나 마
로가 함께 해주기를 바라고 있답니다!

양 볼 가득 터질듯한
볼살이 매력인
마로

큰 덩치에 맞지 않게 섬세하고 온순한 마로는 사고뭉치 시로를 구경하는 일이 가장 재미있대요. 가끔 맛난 먹이에 정신이 팔려 시로에게 눈을 뗄 때도 있지만, 하루 종일 시로와 붙어다니며 즐거운 일을 찾는 것을 좋아합니다.

마로는 식탐이 많아 양 볼 가득 먹이를 넣고 다닙니다. 이것이 마로가 오동통한 볼살을 가지고 있는 이유인데요. 시로와 다르게 어른스럽게 행동하는 듯 보이지만, 먹이 앞에서만큼은 시로에게 뒤지지 않는 에너지를 뽐낸답니다!

CONTENTS

첫 번째 이야기

"오늘 차장님
기분 좋게 해주세요, 시바.
아니 아멘"

상상여행

월차가 있으면 뭐 해!
쓰려고만 하면 눈치 주는데.
나도 남들 일할 때 놀아보고 싶다.

비행기 티켓 검색만 2만 번째…

#하와이에서 #혼자여행 #우쿨렐레 #일따위개나줘

시바 한잔 생각라떼

이제 카페인 없이는
버틸 수 없는 몸이 되었다.

일하기 싫어

하루 종일 정신없이 바빴는데
이놈의 일은 해도해도 끝이 없어.

왜 나한테만
일을 시키는 거야.
업무 폭탄 속에서
나 자신을 잃어가.

이 우주에
분자가 되어
흩어져버리고 싶다.

나 때는 말이야…

지금이 편한 거야

지켜보고 있다

입 터진 날

시바~

터진 입이라고
함부로 말하는 사람이 되고 싶다.

내가 뭘 그렇게 잘못했냐?!

피곤해

이 한 몸, 세상 사는 게 왜 이렇게 힘드냐.
이대로 영원히 잠들고 싶다.

마대리는
먼저 퇴근해.
난 할 일이
남아서~!

헐…
(feat. 다시 착석)

바람처럼 왔다가
바람처럼 사라지는

이것이 바로
시바의 삶!

오늘은 금요일!

시로야.
뚠뚠해서
못 날아가?

야호,
주말이다!

내일은 월요일…

벌써부터
우울 터지네, 시바.

벌써 새벽 1시야?

지금 자면
몇 시간 잘 수 있냐.

비나이다, 비나이다

몇 시간째 눈만 깜빡깜빡.
왠지 내일 많이 아플 것만 같아.

출근 개싫어

안 가

나오자마자 집 가고 싶다

아예 집에서 안 나올 순 없는 걸까?
오늘도 돈 많은 백수를 꿈꾸며 지하철에 몸을 싣는다.

이제부터
답변을 영어로 한번
말해보세요!

네가 질문도
영어로 해보세요.

세상사 뜻대로 되는 게
하나 없네

묻혔어.

지금 묻힌 게 나일까, 너의 인생일까?
다 아는데 너만 모르는 이야기.

나 다시 태어날래

그래. 내가 바로 상어밥이다.
시바 상어~ 뚜루루뚜루~

직장상사 갑질할 때

어쭈, 네가 감히?
참는 데도 한계가 있다.

덤벼라 식빵

드루와~

드루와~

내가 지금 시원한 건…

목욕 때문일까, 아니면 오늘 낮
김차장 커피에 침 뱉었기 때문일까.

오늘은 날 찾지 마

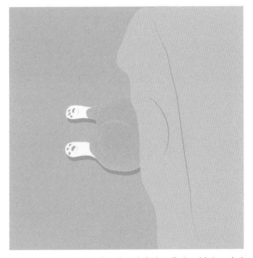

#숨바꼭질 #발바닥 #졸귀 #핵귀 #짱귀

회식 있는 날에 연차 냈다.
내가 이 맛에 살지.

그러니 내일도 힘내!

슬럼프는
개나 줘, 시바

4
컷
만
화

냠냠

목욕

하얀 거짓말

호두

털의 비밀

치킨

힘
내

두 번째 이야기

"바나나 먹으면
나한테 반하나?
시바나나 좀 반해라!"

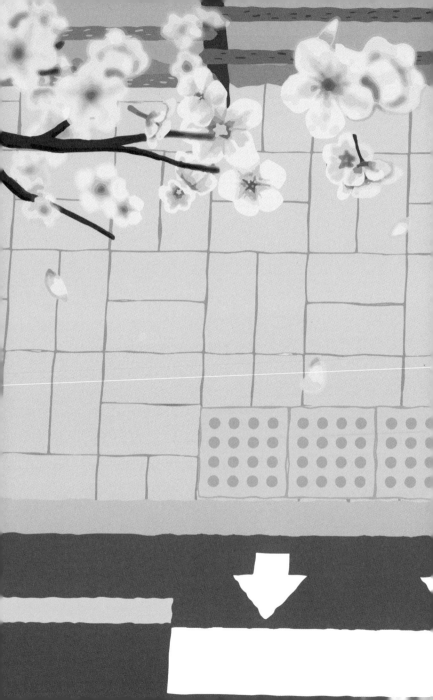

오빠, 있잖아

나 오늘 뭐
달라진 것
없어?

세상 모든 남자친구들의 숙제.
게임은 시작됐다.

오다 주웠다

어디서 주웠는지는 제발 묻지 말아줄래?
모르는 게 좋을 때도 있어.

나는 나를 선물한다

거절은 거절한다.

자기야, 나 살쪘지?

또다시 게임이 시작됐다.

넌 늘 예뻐

시로와 마로의
특별한 겨울 이야기

무슨 일 있었개?

춥지? 이리 와!

따뜻한 너라도 안고 있자.

계란빵 아니고 시바빵

우리가 데이트 할 때
현금을 가지고 다녀야 하는 이유.

배불러, 그만 먹을래!

먹은 것 같지도 않으니까
더 먹으라고 얼른 말해.

부쩍 연락이 뜸해진 너

마음이
타들어가···

사랑이 식은 걸까?
오늘도 바쁘다는 너 때문에
눈물로 베갯잇을 적신다.

설마 권태기?

왜 내가
뭐만 하자고 하면
귀찮아 해?

나란 개는
자세히 보아야 예쁘지

진짜 자세히 봐야 해.
질릴 정도로 봐야 해.
15번은 더 봐야 해.

가장 어려운 대답

내가 한겨울에
고구마만 먹는 이유.

뭐가 문젠데?
말해봐. 뭐가 문제냐고!

이러고 싶지 않은데.
너랑 싸우기 싫다.

라고 말할 줄 알았냐…
내가?

쪼개지 마

내 것이 더 크게 쪼개지길 바랐는데
아이스크림조차 내 마음 같지 않다.
이별이라고 별수 있나.

너 없는 내 삶은 개판이야

우리 사랑은 운명인 걸

아모르파티~

우리가 함께했던 첫 번째 크리스마스

인생 네 컷

괜찮아?

흑기사 마로

셀카

선텐

귀신의 집

마로에몽

달려라 마로

세 번째 이야기

"시로증입니다.
아무것도 하기 시로증"

불 꺼 시바

어이, 주인아.
그만 귀찮게 굴고
불 꺼!

#졸려 #개잠와 #슬맆스타그램 #굿밤

잘 때는 개도 안 건드린다던데….

핫도그

설탕, 케첩, 머스터드 소스와 함께라면
그 무엇도 부럽지 않아.

음식들 다 치워야지,
내 위장 속으로.

비켜!

먹을 것 앞에서 우리가 어디 있냐!

밥 줘

개밥바라기

밥을 주지 않아 그냥 초밥이 되었다고 한다.

먹기 싫어(feat.나이)

나이를 먹으면
눈물이 는다더니.

이 세상에서 먹기 싫은 것이
하나라도 생겨서 다행이다.

STRAWBERRY MILK

내가 네 수업만 듣냐.
(feat. 전공 과목만 6개)

아침이네···
망했다, 시바···.

두 손을 모으고 누워서

아무것도 하지 않는다.

빼꼼

지금 먹어두면 다 키로 간다더니
왜 자꾸 옆으로만 커지는데….

옆태 미인이개

웃지 마.
이렇게 골고루 살찌는 게
쉬운 줄 아냐.

운동하면 살 안 쪄

대신 건강한 돼지가 되는 지름길이지.

안 해!

편식을 안 하면 입이라도 짧던가···.
나란 새끼, 시바 XX.

치명적인 척

나도 힙업 운동하는데, 넌?
지금 몇 년째 말로만 운동하냐.

귤 까고 앉아 있네

까는 재미가 쏠쏠하네!
잣도 한번 까볼까?

상큼하게
터져볼래?

모이스춰 시바

미세먼지 많고 건조한 날엔 수분 팡팡!
피부는 역시 돈이야.

시바라오

피곤한데 아이라인 언제 지워. 문신할까?

안 졸아

내 방 침대가 최고야

다음 생엔 아예 침대와 한 몸이 되게 해주세요.
이왕이면 과학이 만든 침대로 부탁해요.

세월을 낚는다

내가 고양이가 아니라 그래?

자기가 고양이인 줄 아는 개

나 어디 있개?
심심한 사람 나랑 놀자.

뭐 해?

놀아줘 시바

4
컷
만
화

미용실

숨겨진 다리

새우비

피
서

미
아

스마일

선풍기

녹는 시로를 컵에 담습니다

냉동실에 넣습니다

6시간 이상 기다립니다

완성!

미니 시로 만들기

시바 욕 아니에요! 오해하지 마세요

2018년 8월 27일 초판 1쇄 발행
글, 그림·시로앤마로

펴낸이·김상현, 최세현
책임편집·김유경 | 디자인·최우영

마케팅·김명래, 권금숙, 심규완, 양봉호, 임지윤, 최의범, 조히라
경영지원·김현우, 강신우 | 해외기획·우정민
펴낸곳·팩토리나인 | 출판신고·2006년 9월 25일 제406-2006-000210호
주소·경기도 파주시 회동길 174 파주출판도시
전화·031-960-4800 | 팩스·031-960-4806 | 이메일·info@smpk.kr

ⓒ 시로앤마로(저작권자와 맺은 특약에 따라 검인을 생략합니다)
ISBN 978-89-6570-682-3 (03810)

- 이 책은 저작권법에 따라 보호받는 저작물이므로 무단전재와 무단복제를 금지하며, 이 책 내용의 전부 또는 일부를 이용하려면 반드시 저작권자와 ㈜쌤앤파커스의 서면 동의를 받아야 합니다.
- 이 책의 국립중앙도서관 출판시도서목록은 서지정보유통지원시스템 홈페이지(http://seoji.nl.go.kr)와 국가자료공동목록시스템(http://www.nl.go.kr/kolisnet)에서 이용하실 수 있습니다. (CIP제어번호: CIP2018022461)
- 잘못된 책은 구입하신 서점에서 바꿔드립니다.　• 책값은 뒤표지에 있습니다.
- 팩토리나인은 ㈜쌤앤파커스의 에세이·실용 브랜드입니다.

쌤앤파커스(Sam&Parkers)는 독자 여러분의 책에 관한 아이디어와 원고 투고를 설레는 마음으로 기다리고 있습니다. 책으로 엮기를 원하는 아이디어가 있으신 분은 이메일 book@smpk.kr로 간단한 개요와 취지, 연락처 등을 보내주세요. 머뭇거리지 말고 문을 두드리세요. 길이 열립니다.

더
워
시
바
·
·
·

귀찮아시바 · · · ·

달려시바 ♥ ‧ ‧

시끄러워시바
····

©SHIRO&MARO